e - treize heures treize - treize heures treize - treize heures treize - treize heures treize - treiz
ze - treize heures treize - treize heures treize - treize heures treize - treize heures treize - trei
- treize heures treize - treize heures treize - treize heures treize - treize - trei
treize heures treize - treize heures treize - treize heures treize - trei
treize heures treize - treize heures treize - treize heures treize - treize heure

Voilà bien les pensées, le langage qu'on peut ouïr des déments. (…)
Éloignez-vous de ces lieux, en hâte, si vous ne voulez pas que la stupeur soudai
ne vous prenne au mugissement d'un tonnerre implacable.
ESCHYLE

PROMÉTHÉE

TOME 4 ▲ MANTIQUE

Scénario
CHRISTOPHE BEC

Dessin
CHRISTOPHE BEC
ALESSANDRO BOCCI
& STEFANO RAFFAELE

Couleurs
DIGIKORE STUDIOS

Illustration de couverture
CHRISTOPHE BEC

Soleil

Un grand merci à Ludivine Bec, Hervé Rusig et Jeff Briaud-Lemelle pour avoir prêté leurs traits à certains des personnages de l'album.
Hommage à Fred Ward qui incarne le personnage de Jeff Spaulding.
Et un merci tout particulier à Stefano - fidèle parmi les fidèles - pour avoir brillamment pris le train en cours de route.

Christophe Bec

SOURCES

Eschyle, ***Prométhée enchaîné***, Les Belles Lettres, 1921.
Les Grandes Énigmes, Larousse, 1992.
Philippe Masson, ***Le Naufrage du Titanic***, Tallandier, 1998.
Gibson, Michael, ***Les Plus Belles Histoires de la Mythologie***, Fernand Nathan, 1978.
Carlisle, Alexander Montgomery, ***RMS Titanic***, White Star Line, 1911.
Murdoch, Rupert, ***Fox News Channel***, News Corporation, 1996.
http://www.nasa.gov/

Les planches 1 à 7, 45 et 46 ont été dessinées par Christophe Bec.
Les planches 8 à 28 ont été dessinées par Alessandro Bocci.
Les planches 29 à 44 ont été dessinées par Stefano Raffaele.

Une série dirigée par Jean Wacquet

Soleil
15, Boulevard de Strasbourg
83000 Toulon - France

Soleil Paris
25, Rue Titon - 75011 Paris - France

Conception graphique : Studio Soleil
Lettrage : Studio Charon

Dépôt légal : Juin 2011 - ISBN : 978-2-30201-615-6

Impression : Lesaffre - Tournai - Belgique

AAAAAAAHH!
2

LE TITANIC, OCÉAN ATLANTIQUE NORD.
TOUT VA BIEN, CAPITAINE ? VOUS AVEZ PU VOUS REPOSER UN PEU ?...
PAS VRAIMENT, MURDOCH, J'AI ENCORE FAIT CET HORRIBLE CAUCHEMAR...
ALORS, EST-CE QU'IL EST TOUJOURS À NOS TROUSSES ?
OUI, CAPITAINE ! DE TEMPS EN TEMPS, ON PEUT APERCEVOIR SON SILLAGE !
C'EST INSENSÉ. ET NE PEUT-ON PAS AUGMENTER ENCORE L'ALLURE ?!
J'AI DÉJÀ AUGMENTÉ LA VITESSE À 22 NŒUDS POUR ESSAYER DE LE DISTANCER ! LES MACHINES SONT À FOND, MONSIEUR ISMAY ! ALLER PLUS VITE, CE SERAIT RISQUER L'EXPLOSION !...
DEUX JOURS ENTIERS QU'IL NOUS SUIT AINSI... MAIS QUELLES SONT SES INTENTIONS, À LA FIN ?!
J'AI DÉJÀ VU QUELQUE CHOSE DE SEMBLABLE, IL Y A À PEINE PLUS D'UN AN À BORD DE L'OLYMPIC !
?!!
UN VAISSEAU COMPARABLE À CELUI-CI NOUS A SUIVIS PENDANT DIX JOURS.
PUIS IL NOUS A HEURTÉS ET NOUS AVONS FAILLI SOMBRER !...
ALLONS, CAPITAINE SMITH, UNE TELLE CHOSE NE POURRAIT PAS ARRIVER À BORD DU TITANIC, VOUS SAVEZ BIEN QUE SELON THOMAS ANDREWS, SON ARCHITECTE, IL EST INSUBMERSIBLE !
CAPITAINE, ON VOUS DEMANDE AU POSTE TSF !
J'ARRIVE IMMÉDIATEMENT, MATELOT !
3

To CAPTAIN SMITH
R.M.S. TITANIC
WESTBOUND STEAMERS REPORT PASSING ICEBERGS LATITUDE 41O 51' N. LONGITUDE 49O 52' W. WISH YOU AND TITANIC SUCCESS.
COMMANDER S.S. BALTIC
DE QUOI S'AGIT-IL ?
UN MESSAGE DU BALTIC, ILS ONT REPÉRÉ DES ICEBERGS !
AH !... ET ILS VOUS TRANSMETTENT TOUS LEURS VŒUX DE SUCCÈS. UN SUCCÈS TITANESQUE MÊME !
14 AVRIL 1912.
MESSIEURS, JE VIENS À L'INSTANT DE RECEVOIR UN NOUVEAU RAPPORT...
... DU BALTIC, CETTE FOIS-CI ! VOULEZ-VOUS BIEN ME MONTRER SUR LA CARTE OÙ SE SITUE L'ICEBERG QU'ILS ONT REPÉRÉ ?
ICI, CAPITAINE ! AU DEVANT ET LÉGÈREMENT AU NORD DE NOTRE TRAJECTOIRE QUI SE TROUVE À LA PARALLÈLE DE NEW YORK. ON DEVRAIT LE VOIR DEMAIN VERS HUIT HEURES DU MATIN.
ET LE RAPPORT DU CARONIA ENVOYÉ IL Y A DEUX JOURS... POINTEZ-LE SUR LA CARTE MAINTENANT !
40° NORD, 49-50° OUEST. IL SE SITUE ICI, MON CAPITAINE.
ÇA NE CORRESPOND PAS !
C'EST LOGIQUE. IL Y A UN FORT COURANT VERS LE SUD. UN GROS ICEBERG A PU DÉRIVER ET DESCENDRE JUSQU'À L'ENDROIT OÙ LE BALTIC L'A VU AUJOURD'HUI. VOULEZ-VOUS CHANGER LA TRAJECTOIRE ?
QUELLES SONT LES PRÉVISIONS MÉTÉO, LIEUTENANT ?
CALME ET DÉGAGÉ.
JE NE PENSE PAS, ALORS... INUTILE DE CHANGER DE TRAJECTOIRE POUR L'INSTANT. JE SERAI SUR LE PONT DEMAIN MATIN À LA PREMIÈRE HEURE, IL NE SERA PAS DIFFICILE À REPÉRER EN PLEIN JOUR !
ON RESTE À 22 NŒUDS ?
OUI, POURQUOI PAS... ON CONTINUE À POUSSER LES MACHINES AU MAXIMUM ! IL N'Y A AUCUN RISQUE DE TOUTE FAÇON, MÊME SI LE TITANIC POUVAIT ALLER À UNE ALLURE DE 30 NŒUDS, ON NE RENCONTRERAIT PAS CET ICEBERG AVANT LE MATIN !
C'EST VRAI, PAS CELUI-LÀ !... MAIS S'IL S'AGISSAIT DE DEUX ICEBERGS DIFFÉRENTS ?...
JE VOUS AI CONNU MOINS PESSIMISTE, MURDOCH !... CONSIGNES INCHANGÉES !
LE CAPITAINE A PARLÉ. MESSIEURS... À PLUS TARD !
AH ! BONJOUR, CAPITAINE SMITH !... JE VOUS CHERCHAIS, JUSTEMENT... ENCORE UNE MAGNIFIQUE JOURNÉE QUI SE PROFILE, N'EST-CE PAS ?
ON DIRAIT BIEN, CHÈRE MADAME ! ON DIRAIT BIEN...
4

23 HEURES 40.
BRRRR... LA TEMPÉRATURE A SÉRIEUSEMENT CHUTÉ ! TU SENS CETTE BRISE GLACIALE QUI NOUS FOUETTE MAINTENANT ?
IL COMMENCE À Y AVOIR DE LA HOULE, ET AVEC CETTE NUIT NOIRE SANS CLAIR DE LUNE, ON NE VERRA PAS À DISTANCE LA FRANGE D'ÉCUME DES ICEBERGS !
MMMM... ON DEVRAIT POUVOIR LES VOIR À 2 000 YARDS TOUT DE MÊME.
NOM DE DIEU !!...
DONG! DONG!
ICEBERG, DROIT DEVANT !!
MERCI.
LA BARRE À GAUCHE TOUTE !
STOPPEZ LES MACHINES, EN ARRIÈRE TOUTE ! ALLEZ PRÉVENIR LE CAPITAINE !!
SEIGNEUR, AIE PITIÉ DE NOUS !
5

BARRE À TRIBORD TOUTE ! ON VA PASSER !
N'AVEZ-VOUS PAS SENTI COMME UNE SECOUSSE ?...
MMMM... POSSIBLE... JE PASSE MON TOUR !...
Liverpool
New York
CAPITAINE !
QU'Y A-T-IL, MURDOCH ?
ON A HEURTÉ UN ICEBERG, CAPITAINE !
L'INDICATEUR D'ASSIETTE INDIQUE UN GÎTE DE 5 DEGRÉS SUR TRIBORD !... IL Y A UNE BRÈCHE DANS LA COQUE ET L'EAU A ENVAHI LA SALLE DE TRI, LES POSTES DE MÉCANICIENS, LES CABINES DE TROISIÈME CLASSE ET LA CHAUFFERIE NUMÉRO 6 !... ANDREWS EST ALLÉ INSPECTER LES FONDS !
J'ARRIVE IMMÉDIATEMENT !
6

SS CALIFORNIAN, 23 HEURES 59.
CROYEZ-VOUS QU'IL PUISSE S'AGIR D'UN APPEL DE DÉTRESSE DU TITANIC, STONE ?
POSSIBLE, MAIS PAS CERTAIN. IL Y A UNE HEURE, EVANS A TENTÉ DE COMMUNIQUER AVEC LE TITANIC POUR LES PRÉVENIR DE LA PRÉSENCE DE GLACES, MAIS L'OPÉRATEUR DU TITANIC LUI A DEMANDÉ VIOLEMMENT DE SE TAIRE CAR IL ÉTAIT DÉJÀ EN COMMUNICATION AVEC UN AUTRE NAVIRE ET IL AVAIT PRIS DU RETARD SUR L'ENVOI DES MESSAGES PERSONNELS DES PASSAGERS, SUITE À UNE PANNE DES APPAREILS...
PLUS RIEN... PLUS DE LUMIÈRE, AUCUN BRUIT... LA NUIT EST CALME ET SILENCIEUSE...
BON, EH BIEN, STONE, IL EST MINUIT... JE CROIS QUE JE VAIS ALLER ME COUCHER MAINTENANT. C'EST MON HEURE !
OUI, ON NE VOIT PLUS RIEN. CE NAVIRE, QUEL QU'IL SOIT, A SANS DOUTE POURSUIVI SA ROUTE... BONNE NUIT, COMMANDANT LORD !
?!!
QU'EST-CE QUE C'ÉTAIT QUE ÇA ?!
AUCUNE IDÉE, STONE...
... EN TOUT CAS, CE N'ÉTAIT PAS UNE FUSÉE DE DÉTRESSE, ÇA, J'EN SUIS CERTAIN !
7

SUD DU DARIEN, SEPTEMBRE 1513.
HERNANDO N'A PAS TENU BIEN LONGTEMPS...
ET NOUS, COMBIEN DE TEMPS ALLONS-NOUS RÉSISTER ? LES FIÈVRES NOUS ÔTENT LES TOUTES DERNIÈRES FORCES QU'IL NOUS RESTE...
NOUS SOMMES PLUS FORTS QUE LA FIÈVRE !
IL Y A UN COURS D'EAU À MOINS D'UNE JOURNÉE DE MARCHE, NOUS POURRONS NOUS Y INSTALLER ET CONSTRUIRE UN FORT...
BÂTIR UNE VILLE, MÊME ! CULTIVER LA TERRE LE LONG DU FLEUVE ET NOUER DES ÉCHANGES AVEC LES INDIENS !...
IN NOMINE PATRIS, ET FILII, ET SPIRITUS SANCTI. AMEN.
LES CHIMAS ! ILS NOUS ATTAQUENT !!
LES CANNIBALES !!
SAUVEZ VOS TÊTES !!

NOUS AVONS FUI COMME DES LÂCHES !...
NOUS AVONS ABANDONNÉ NOS COMPAGNONS AUX CANNIBALES !...
ET TU VOULAIS QUOI ?!... TOMBER SOUS LES FLÈCHES DES CHIMAS OU FINIR DANS LEUR MARMITE, TA TÊTE RÉDUITE SERVANT DE DÉCORATION DANS L'UNE DE LEURS MAUDITES HUTTES ?!!
ET ORTIZ, QU'EST-CE QU'IL A ?! IL EST TOUT BIZARRE ET IL N'A PAS DIT UN MOT !...
LAISSE-LE DONC !
TU SAIS BIEN QU'IL A PERDU LA TÊTE DEPUIS QU'IL EST RESSORTI DE LA CITÉ DE MÉTAL...
ESSAYONS DE DORMIR UN PEU ! DEMAIN, NOUS TENTERONS DE TROUVER D'AUTRES SURVIVANTS...
?!
ORTIZ ??...

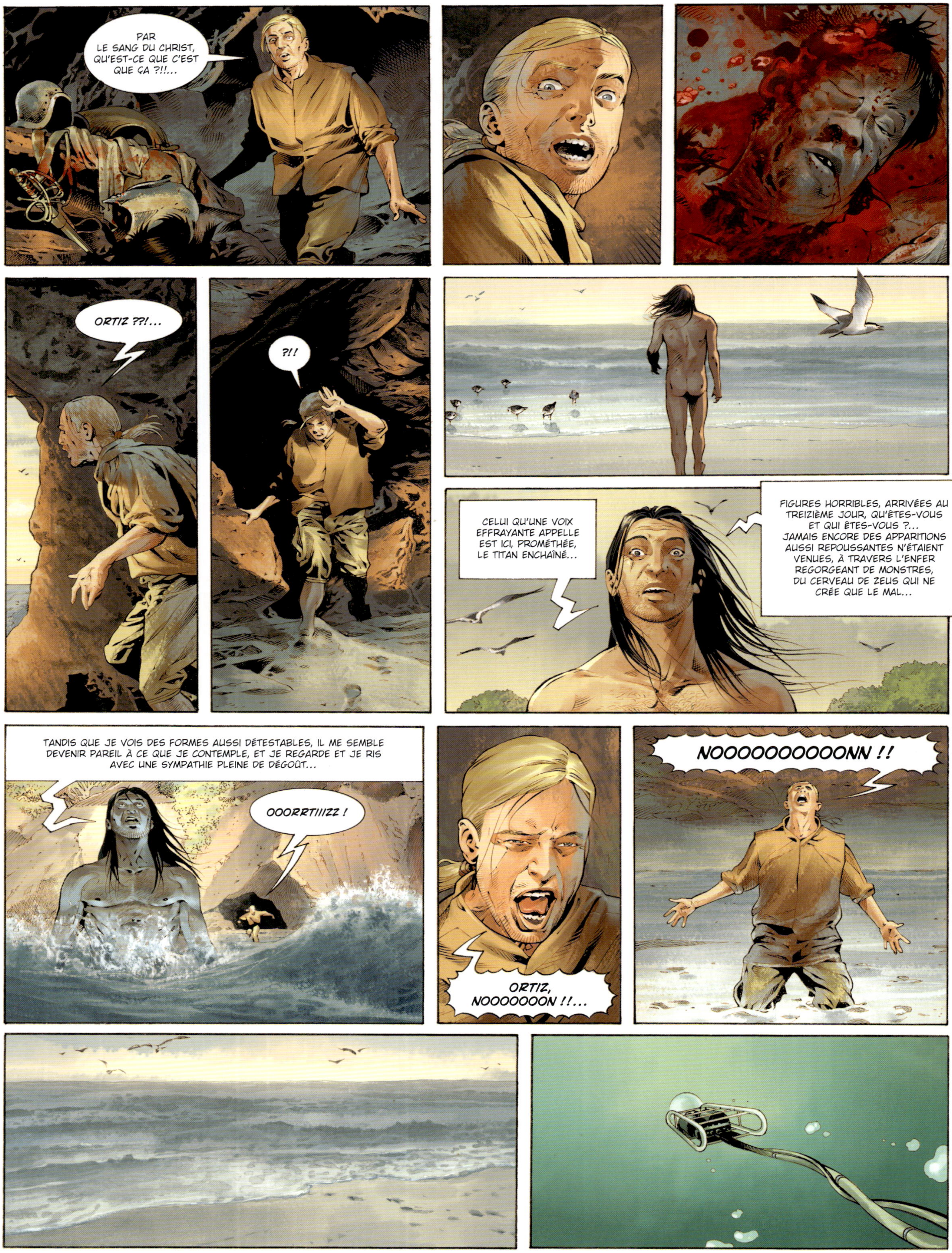
PAR LE SANG DU CHRIST, QU'EST-CE QUE C'EST QUE ÇA ?!!...
ORTIZ ??!...
?!!
CELUI QU'UNE VOIX EFFRAYANTE APPELLE EST ICI, PROMÉTHÉE, LE TITAN ENCHAÎNÉ...
FIGURES HORRIBLES, ARRIVÉES AU TREIZIÈME JOUR, QU'ÊTES-VOUS ET QUI ÊTES-VOUS ?... JAMAIS ENCORE DES APPARITIONS AUSSI REPOUSSANTES N'ÉTAIENT VENUES, À TRAVERS L'ENFER REGORGEANT DE MONSTRES, DU CERVEAU DE ZEUS QUI NE CRÉE QUE LE MAL...
TANDIS QUE JE VOIS DES FORMES AUSSI DÉTESTABLES, IL ME SEMBLE DEVENIR PAREIL À CE QUE JE CONTEMPLE, ET JE REGARDE ET JE RIS AVEC UNE SYMPATHIE PLEINE DE DÉGOÛT...
OOORRTIIIZZ !
ORTIZ, NOOOOOOON !!...
NOOOOOOOOOONN !!

BAHAMAS, TROU BLEU, 26°70' NORD - 77°06' OUEST, 127 MÈTRES DE PROFONDEUR.
J'Y VAIS... JE PASSE À TRAVERS !!...
KAHRETSIN ! ON A PERDU L'IMAGE...
J'ESPÈRE QU'ON VA LA RÉCUPÉRER UNE FOIS QUE LA SONDE AURA TRAVERSÉ LE MIROIR !
AH, VOILÀ, ENFIN ! LE FAISCEAU EST EN TRAIN DE REVENIR !...
C'EST ENCORE BROUILLÉ MAIS ÇA DEVRAIT ÊTRE CLAIR DANS QUELQUES SECONDES...
OH NON !... C'EST IMPOSSIBLE !!
C'EST UNE FARCE ?!!...
AVEC TOUT LE RESPECT QUE JE VOUS DOIS, AMIRAL DIMBORT, J'AI BIEN PEUR QUE CE NE SOIT ABSOLUMENT PAS LE CAS ! ET QUE CE QUE NOUS AVONS FACE À NOUS...

... EST BIEN LA PLUS GRANDE ÉNIGME QUI N'AIT JAMAIS ÉTÉ POSÉE À L'HUMANITÉ !

ALLEZ, ACTIVEZ LE TREUIL !... FAUT REMONTER LA SONDE !!
D'APRÈS VOUS, MESSIEURS, DE QUOI S'AGIT-IL EXACTEMENT ?!...
ON DIRAIT UNE VILLE DES ÉTATS-UNIS, NON ? MAIS VOUS POUVEZ EN JUGER MIEUX QUE MOI, AMIRAL DIMBORT !
OUI, VU L'ARCHITECTURE, ON DIRAIT BIEN UNE VILLE DE L'EST... DU RHODE ISLAND, DU MASSACHUSETTS, OU PEUT-ÊTRE MÊME DU CONNECTICUT... ?
FORT POSSIBLE, EN EFFET !...
MAIS COMMENT UN PASSAGE À 127 MÈTRES DE PROFONDEUR AU FOND DE LA MER DES CARAÏBES PEUT CONDUIRE À UNE VILLE DES ÉTATS-UNIS QUI SEMBLE DÉVASTÉE DEPUIS DES SIÈCLES ?!...
J'AURAIS BIEN UNE THÉORIE À CE PROPOS, SI ON CONSIDÉRAIT QUE CE "PASSAGE" ÉTAIT EN RÉALITÉ UNE SORTE DE "TROU DE VER SOUS-MARIN" !...
UN "TROU DE VER" ?... ÉCLAIREZ-NOUS, S'IL VOUS PLAÎT !
ET QUEL RAPPORT AVEC CE QUI NOUS PRÉOCCUPE, MONSIEUR TURAN ?...
JE NE RÊVE PAS, VOUS PARLEZ BIEN D'UN UNIVERS PARALLÈLE, COMME DANS LES SÉRIES TV OU LES COMIC BOOKS POUR ADOLESCENTS ?!...
SELON EINSTEIN, UN TROU DE VER EST UN TUNNEL QUI RELIE UN TROU NOIR À UN TROU BLANC...
À PARTIR DES ÉQUATIONS DE LA RELATIVITÉ GÉNÉRALE, IL AVAIT DÉCOUVERT QUE LES SINGULARITÉS DE L'ESPACE-TEMPS FORMAIENT DES PUITS GRAVITATIONNELS DE DENSITÉ ET DE COURBURE D'ESPACE-TEMPS INFINIS...
LAISSEZ-MOI TERMINER, AMIRAL... EN 1967, LE PHYSICIEN SOVIÉTIQUE ANDREI SAKHAROV A ÉMIS L'HYPOTHÈSE SELON LAQUELLE IL N'Y AURAIT PAS UN, MAIS DEUX UNIVERS !... C'EST-À-DIRE UN UNIVERS ET UN "ANTI-UNIVERS", CONSTITUÉ EN PARTIE D'ÉNERGIE NÉGATIVE, OÙ DE MANIÈRE SYMÉTRIQUE L'ANTIMATIÈRE PRÉDOMINERAIT SUR LA MATIÈRE...
ET SURTOUT, IL A SUGGÉRÉ L'IDÉE QUE CES DEUX UNIVERS POUVAIENT COMMUNIQUER ENTRE EUX !
EXACTEMENT, VICE-AMIRAL HAWKING ! IMAGINEZ ALORS QUE NOUS SOYONS TOUT SIMPLEMENT ICI FACE À LA MATÉRIALISATION DE CES THÉORIES... APRÈS TOUT, VOTRE CÉLÈBRE COMPATRIOTE, LE PHYSICIEN THÉORICIEN KIP THORNE, A BIEN DÉMONTRÉ QU'IL EXISTAIT DES TROUS DE VER ASSEZ GRANDS POUR LAISSER PASSER UN ÊTRE HUMAIN... ET MÊME UN VAISSEAU !
VOILÀ, LA SONDE EST QUASIMENT REMONTÉE À LA SURFACE... ON VA LA VOIR APPARAÎTRE D'UNE SECONDE À L'AUTRE !...
?!!
?!

DONC, VOUS NOUS DITES BIEN, MONSIEUR TURAN, QU'IL EST TOUT À FAIT ENVISAGEABLE QU'UNE ÉQUIPE PUISSE PASSER À TRAVERS CE MIROIR... OU PLUTÔT CE "TROU DE VER SOUS-MARIN", À BORD D' "ALDO" !?...
OUI, J'EN AI L'INTIME CONVICTION !
ÊTES-VOUS BIEN SÉRIEUX ?!... APRÈS TOUT, VOUS N'ÊTES PAS PHYSICIEN, MONSIEUR TURAN, COMMENT POUVEZ-VOUS ÉVALUER LES RISQUES RÉELS !...
IL VA SANS DIRE QUE SEULS DES VOLONTAIRES PRENDRONT PLACE DANS LE BATHYSCAPHE...
ET JE ME DÉSIGNE !!
QUOI ?!!
VOUS AVEZ PARFAITEMENT ENTENDU, HAWKING !
AMIRAL DIMBORT, JE CRAINS QU'IL N'Y AIT UN SOUCI !...
PARLEZ, STEWART !...
NOUS N'AVONS PAS PU REMONTER LA SONDE !
COMMENT CELA ?!
LE CÂBLE A ÉTÉ CASSÉ NET ! TROP NET POUR ÊTRE HONNÊTE... LA COUPURE EST POUR AINSI DIRE... PARFAITE !
C'EST COMME SI C'ÉTAIT UN LASER OU QUELQUE CHOSE COMME ÇA QUI L'AVAIT FAITE !...
QU'EST-CE QUE VOUS NOUS CHANTEZ LÀ !? C'EST VOTRE TREUIL QUI DOIT ÊTRE DÉFECTUEUX !...
NON, MONSIEUR LE VICE-AMIRAL, IL EST EN PARFAIT ÉTAT DE MARCHE ET IL EST EXCLU QU'IL S'AGISSE D'UN PROBLÈME DE...
LA SONDE EST RESTÉE DE L'AUTRE CÔTÉ !...
CET INCIDENT PROUVE SIMPLEMENT QUE L'ON NE PEUT TRAVERSER LE MIROIR QUE DANS UN SEUL SENS ! CE QUI VEUT DIRE QUE SI UNE ÉQUIPE EST ENVOYÉE DE L'AUTRE CÔTÉ...
... IL N'EST PAS CERTAIN QU'ELLE PUISSE TROUVER UN CHEMIN DE RETOUR !!

JACKSONVILLE, FLORIDE.
VOUS AVEZ ÉVOQUÉ TOUT À L'HEURE LA DISPARITION DE DEUX DES TROIS ASTRONAUTES QUI COMPOSAIENT LA MISSION APOLLO XX, POUVEZ-VOUS M'EN DIRE PLUS À CE PROPOS ?
RICHARD DEVRAIT VOUS DONNER PLUS D'INFORMATIONS QUE JE N'EN AI, MAIS SON SILENCE SUR LE SUJET EST TROUBLANT... COMME QUOI UN ANCIEN DE LA NASA AIME TOUJOURS CULTIVER UNE PART DE MYSTÈRE !
OH, EXCUSEZ-MOI, JE NE DISAIS PAS ÇA POUR VOUS...
IL N'Y A PAS DE MAL.
D'APRÈS LE PEU D'INFORMATIONS QUE JE SUIS PARVENUE À OBTENIR, SEUL WILLIAM RUTLEDGE EST REVENU SUR LE PLANCHER DES VACHES ! LEONA SNYDER ET ALEXEI LEONOV NE SONT JAMAIS RENTRÉS DE LA MISSION. MAIS RIEN SUR CE QUI AVAIT BIEN PU LEUR ARRIVER...
DES RAPPORTS ONT DÛ ÊTRE FAITS À L'ÉPOQUE ET RUTLEDGE A BIEN DÛ S'EXPLIQUER AUPRÈS DE LA DIRECTION DE LA NASA... MAIS CES DOCUMENTS SONT CLASSÉS "TOP SECRET" ET MALHEUREUSEMENT INACCESSIBLES. TOUT CE QUE JE SAIS, C'EST QUE PLUS PERSONNE N'A JAMAIS ENTENDU PARLER DE RUTLEDGE !...
JE CONFIRME, IL A TOTALEMENT DISPARU DE LA CIRCULATION... QUANT À CES DOCUMENTS CLASSÉS "TOP SECRET", JE VAIS VOIR CE QUE JE PEUX FAIRE...
DONC EN RÉALITÉ, À L'HEURE ACTUELLE, VOUS NE SAVEZ QUASIMENT RIEN.
JE N'AI PAS DIT CELA !
J'AI PU TOUT DE MÊME OBTENIR UNE INFORMATION À FORCE D'ENTÊTEMENT... UNE INFORMATION CAPITALE ! À PROPOS D'UN CODE...
UN CODE ?
OUI, ET LE PREMIER À L'AVOIR UTILISÉ ÉTAIT SANS DOUTE WALTER SCHIRRA...
LE FAMEUX PILOTE DU VAISSEAU MERCURY 8 !?
EXACTEMENT ! ENSUITE, IL Y A EU JAMES LOVELL... ALORS QU'IL SORTAIT DE LA FACE CACHÉE DE LA LUNE EN VOL CIRCUMLUNAIRE À BORD DU MODULE DE COMMANDE DE APOLLO VIII, IL S'EST EXCLAMÉ CLAIREMENT, POUR QUE CHACUN L'ENTENDE, QU'IL AVAIT VU... LE PÈRE NOËL !!
BIEN QUE CE SOIT ARRIVÉ LE 25 DÉCEMBRE 1968, BEAUCOUP DE PERSONNES Y ONT VU UNE SIGNIFICATION CACHÉE !...
ET TENEZ-VOUS BIEN, HUIT ANS PLUS TARD, EN SORTANT DE SA CAPSULE, WILLIAM RUTLEDGE A DIT AUX PLONGEURS QUI SONT VENUS LE RÉCUPÉRER...
... QUE LE PÈRE NOËL EXISTAIT !!
MERCI BEAUCOUP POUR LE TEMPS QUE VOUS M'AVEZ CONSACRÉ ET POUR TOUTES CES INFORMATIONS QUE VOUS AVEZ BIEN VOULU ME DÉLIVRER... ELLES ME SERONT INFINIMENT PRÉCIEUSES !
JE VOUS EN PRIE, C'EST TOUJOURS UN PLAISIR POUR MOI DE POUVOIR PARTAGER CES CONNAISSANCES AVEC QUELQU'UN D'AUSSI OUVERT QUE VOUS SUR CES QUESTIONS-LÀ...
TENEZ, PRENEZ CECI !
QU'EST-CE ?...
SI VOUS VOULEZ ALLER PLUS LOIN DANS VOS INVESTIGATIONS, J'AI NOTÉ SUR CE PAPIER L'ADRESSE D'UN EX-AGENT DU KGB RÉFUGIÉ AUX ÉTATS-UNIS...
... IL A DES DOCUMENTS INTÉRESSANTS ET IL POURRA VOUS PARLER D'UN ÉTRANGE CRASH QUI A EU LIEU DANS LES ANNÉES 70 SUR LE PLATEAU POUTORAMA, EN SIBÉRIE...
EXIT 17
436
Orlando
... DES SOLDATS DE L'ARMÉE RUSSE ONT ÉTÉ EN CONTACT AVEC UNE ENTITÉ EXTRATERRESTRE...
... VIVANTE !!

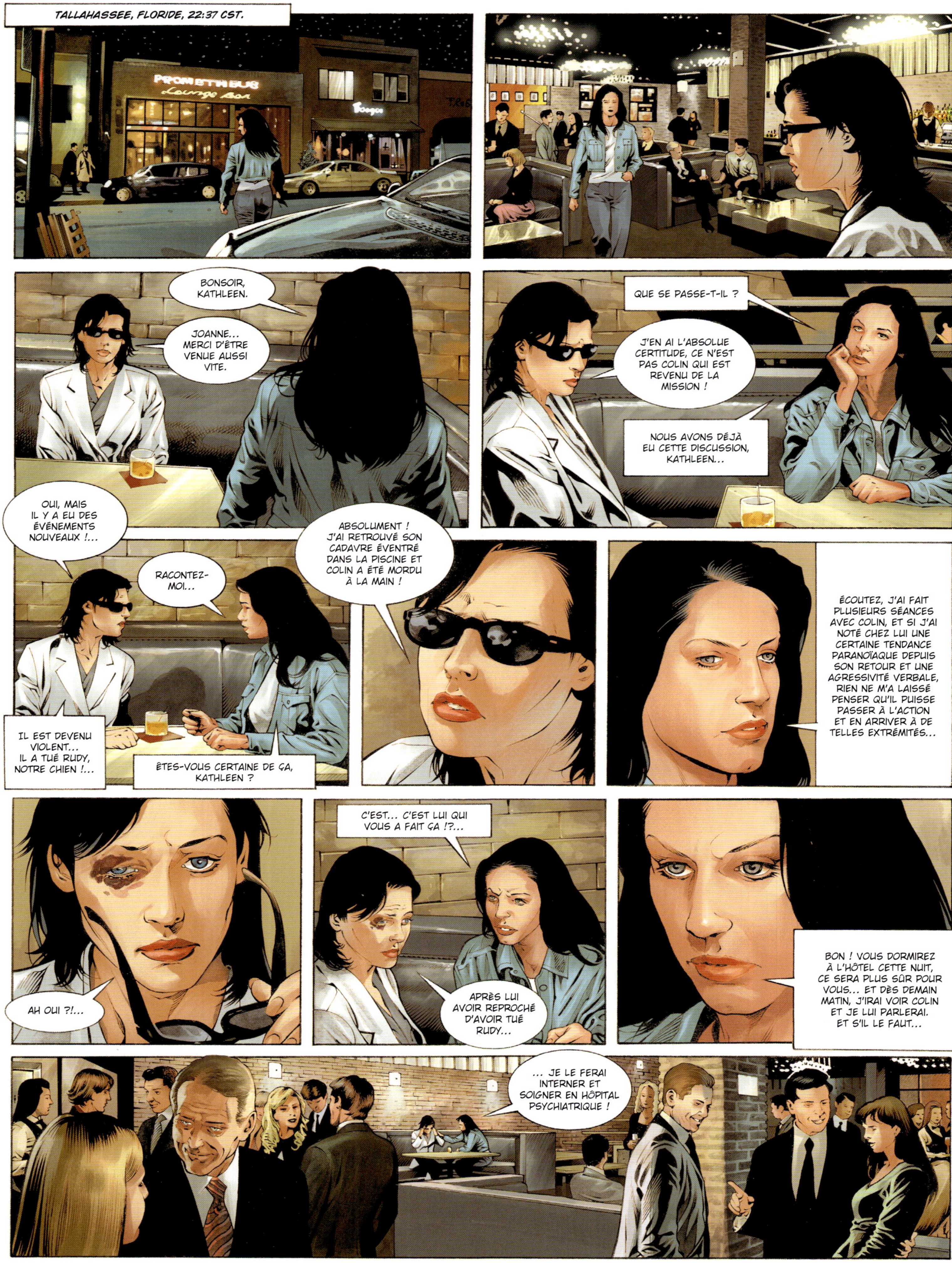

TALLAHASSEE, FLORIDE, 22:37 CST.
PROMETHEUS Lounge Bar
BONSOIR, KATHLEEN.
JOANNE... MERCI D'ÊTRE VENUE AUSSI VITE.
QUE SE PASSE-T-IL ?
J'EN AI L'ABSOLUE CERTITUDE, CE N'EST PAS COLIN QUI EST REVENU DE LA MISSION !
NOUS AVONS DÉJÀ EU CETTE DISCUSSION, KATHLEEN...
OUI, MAIS IL Y A EU DES ÉVÉNEMENTS NOUVEAUX !...
RACONTEZ-MOI...
IL EST DEVENU VIOLENT... IL A TUÉ RUDY, NOTRE CHIEN !...
ÊTES-VOUS CERTAINE DE ÇA, KATHLEEN ?
ABSOLUMENT ! J'AI RETROUVÉ SON CADAVRE ÉVENTRÉ DANS LA PISCINE ET COLIN A ÉTÉ MORDU À LA MAIN !
ÉCOUTEZ, J'AI FAIT PLUSIEURS SÉANCES AVEC COLIN, ET SI J'AI NOTÉ CHEZ LUI UNE CERTAINE TENDANCE PARANOÏAQUE DEPUIS SON RETOUR ET UNE AGRESSIVITÉ VERBALE, RIEN NE M'A LAISSÉ PENSER QU'IL PUISSE PASSER À L'ACTION ET EN ARRIVER À DE TELLES EXTRÉMITÉS...
AH OUI ?!...
C'EST... C'EST LUI QUI VOUS A FAIT ÇA !?...
APRÈS LUI AVOIR REPROCHÉ D'AVOIR TUÉ RUDY...
BON ! VOUS DORMIREZ À L'HÔTEL CETTE NUIT, CE SERA PLUS SÛR POUR VOUS... ET DÈS DEMAIN MATIN, J'IRAI VOIR COLIN ET JE LUI PARLERAI. ET S'IL LE FAUT...
... JE LE FERAI INTERNER ET SOIGNER EN HÔPITAL PSYCHIATRIQUE !

FACE À CETTE CRISE MONDIALE, DE GRANDS PAYS D'EUROPE TELS L'ALLEMAGNE, LA GRANDE-BRETAGNE, LA FRANCE, L'ESPAGNE OU LE PORTUGAL SUBISSENT D'INSOUTENABLES PRESSIONS VENANT DES MARCHÉS FINANCIERS... CES PAYS SONT AUJOURD'HUI AU BORD DE L'IMPLOSION !
ET LES ANALYSTES ÉCONOMIQUES SE DEMANDENT AVEC FÉBRILITÉ QUEL SERA LE PROCHAIN PAYS À ÊTRE ATTEINT PAR LA TERRIBLE "CONTAGION" QUI SE PROPAGE... AUCUNE NATION N'EST À L'ABRI : LES ÉTATS-UNIS, LE JAPON ET MÊME LA CHINE SONT ASSIS DE FAÇON EXTRÊMEMENT PRÉCAIRE SUR DES MONTAGNES DE DETTES.
CETTE CRISE ÉCONOMIQUE QUI A FRAPPÉ LA PLANÈTE, SUITE AUX ÉVÈNEMENTS QUE L'ON CONNAÎT, EXACERBE LES TENSIONS ENTRE GRANDES PUISSANCES, TANDIS QUE CHACUNE CHERCHE À S'EN SORTIR AUX DÉPENS DE SES CONCURRENTS, ACCENTUANT D'AUTANT PLUS LES TENSIONS DE CLASSE AU SEIN DE CES NATIONS...
SANS PARLER ENCORE DE PANIQUE, ON COMMENCE À VOIR DANS CERTAINES GRANDES VILLES DE VÉRITABLES SCÈNES D'ÉMEUTES ET DE PILLAGES...
CERTAINES COMMUNAUTÉS ÉTANT MANIPULÉES PAR DES PRÉDICATEURS EN TOUS GENRES OU DES GROUPUSCULES ANARCHISTES, QUI PROFITENT DE L'AUBAINE POUR DÉSTABILISER ENCORE PLUS LES GOUVERNEMENTS, LE TOUT ÉTANT SOUVENT RÉPRIMÉ DANS LA VIOLENCE PAR LES FORCES DE L'ORDRE.
ALORS QUE LE MONDE ENTIER A LES YEUX TOURNÉS VERS LES HORLOGES QUI INDIQUERONT LES FATIDIQUES 13 HEURES 13 UTC...
FOX NEWS CHANNEL, NEW YORK, 23:05 EST.
... NOTRE PLANÈTE SOMBRE PEU À PEU DANS LE CHAOS.
BRAVO, MA VIEILLE, T'AS ASSURÉ COMME UNE GRANDE !
KELLIE !!
QU'EST-CE QU'IL SE PASSE, NOM DE DIEU ?!...
IL SE PASSE QUE J'EN AI MA CLAQUE D'ANNONCER TOUS LES JOURS DES MAUVAISES NOUVELLES !...
IL SE PASSE QUE JE SUIS JUSTE UNE PETITE ASSISTANTE QUI S'EST RETROUVÉE SOUDAINEMENT PARACHUTÉE REINE DU JT ET QUI N'A PAS VRAIMENT LES ÉPAULES POUR PORTER TOUT ÇA !...
BREF, JE CRAQUE !!

MONSIEUR LE PRÉSIDENT, EST-CE QUE JE PEUX VOUS DÉRANGER ?
JE VIENS DE RECEVOIR LE DERNIER RAPPORT DE L'AMIRAL DIMBORT À PROPOS DE L'EXPLORATION DU TROU BLEU AUX BAHAMAS...
OUI, JE VOUS EN PRIE, GERALD, JE SUIS IMPATIENT DE CONNAÎTRE SES CONCLUSIONS !
ILS SE SONT MIS D'ACCORD POUR CONSTITUER UNE ÉQUIPE D'EXPLORATION QUI PASSERA À TRAVERS LE "MIROIR"...
L'AMIRAL DIMBORT S'EST PORTÉ VOLONTAIRE ET L'ARCHÉOLOGUE SOUS-MARIN HASSAN TURAN PRENDRA LE COMMANDEMENT DE LA MISSION.
C'EST PARFAIT, GERALD. MAIS CETTE MISSION DOIT RESTER SECRÈTE ! JE ME FAIS BIEN COMPRENDRE ?... RIEN DE DOIT FILTRER. EN AUCUNE FAÇON, LE GRAND PUBLIC NE DOIT ÊTRE MIS AU COURANT !...
CE N'EST PAS LE MOMENT DE FAIRE UNE TELLE RÉVÉLATION, VU LE CHAOS ACTUEL...
OUI, MONSIEUR LE PRÉSIDENT !
COMBIEN SERONT-ILS À BORD, EXACTEMENT ?
CINQ, MONSIEUR LE PRÉSIDENT.
BIEN, TRANSMETTEZ-LEUR TOUS MES VŒUX D'ENCOURAGEMENT ET DITES-LEUR QUE LA NATION AMÉRICAINE EST FIÈRE DE LEUR COURAGE !
OUI, MONSIEUR.
?!
AUTRE CHOSE ?
OUI, MONSIEUR LE PRÉSIDENT !
J'AI ÉGALEMENT REÇU DES NOUVELLES DE L'USS THUNDER BAY !...
VOUS L'AVEZ RETROUVÉ ET IL A COULÉ, C'EST ÇA ?
NON, TOUT L'ÉQUIPAGE EST SAIN ET SAUF !
ALORS, POURQUOI FAITES-VOUS CETTE TÊTE-LÀ, GERALD ?
C'EST QUE... IL A ÉTÉ RETROUVÉ EN PLEINE FORÊT AMAZONIENNE !...
?!!
DANS COMBIEN DE TEMPS ATTERRISSONS-NOUS À WASHINGTON ?
DEUX HEURES, MONSIEUR LE PRÉSIDENT !
FAITES PRÉVENIR LE CHEF D'ÉTAT-MAJOR GÉNÉRAL DES ARMÉES !... JE VEUX QU'UNE RÉUNION DE CRISE SOIT ORGANISÉE DÈS MON ARRIVÉE !!
UNITED STATES OF AMERICA
BIEN, MONSIEUR LE PRÉSIDENT.

VOILÀ, JEFF, J'AI FAIT PRÉPARER TON LIT...
MERCI, CHARLIE...
FAMEUX, CE COGNAC !
ORLANDO, FLORIDE, 23:50 CST.
C'EST UN MARTELL COHIBA, 50 ANS D'ÂGE, LA PLUS ANCIENNE DES GRANDES MAISONS DE COGNAC...
SON ÉQUILIBRE EST PARFAIT... IL EST SOUPLE, PUISSANT, GÉNÉREUX, FRAIS, RICHE EN SAVEURS D'AMANDE, DE NOISETTE, DE MIEL ET DE VANILLE BOISÉE...
FABULEUX !
ALORS... TU AS PRIS UNE DÉCISION POUR PATRICIA ?
JE... JE VEUX ATTENDRE ENCORE !...
COMMENT CELA ?!... ELLE A DEMANDÉ À CE QU'ON ABRÈGE SES SOUFFRANCES. IL FAUT RESPECTER SES DERNIÈRES VOLONTÉS. TU SAIS QUE JE SUIS PRÊT À RISQUER GROS POUR T'AIDER...
TU NE PEUX PAS JOUER AINSI AVEC SA VIE !
IL Y A ENCORE UN ESPOIR.
PARDON ?! TU ES TOMBÉ SUR LA TÊTE OU QUOI, JEFF !?... JE T'AI EXPLIQUÉ EN LONG ET EN LARGE QUE LA SLA EST UNE MALADIE TOTALEMENT INCURABLE !!
OUI, MAIS ILS VONT BIENTÔT ENTRER EN CONTACT AVEC NOUS !
MAIS DE QUI PARLES-TU, ENFIN ?!...
DES EXTRATERRESTRES... AVEC UNE TECHNOLOGIE BEAUCOUP PLUS AVANCÉE QUE LA NÔTRE !...
TOUS CES SIGNES, À 13 HEURES 13, CE SONT EUX ! ILS NOUS OBSERVENT DEPUIS LA NUIT DES TEMPS. ET ILS ONT PEUT-ÊTRE DES REMÈDES À NOS MALADIES : LE CANCER, LA MALADIE D'ALZHEIMER, LA SLA !...
JE CROIS QUE TU ES EN PLEINE DÉPRESSION, JEFF... JE VAIS TE PRESCRIRE DES ANXIOLYTIQUES.
TU M'EMMERDES !... JE SUIS PARFAITEMENT LUCIDE, CHARLIE !!
EXCUSE-MOI, JE NE DEVRAIS PAS M'EMPORTER DE LA SORTE... JE PEUX PROUVER CE QUE J'AVANCE !
BIEN, JE PRENDS NOTE DE TA DÉCISION.
PUISQUE TU AS DÉCIDÉ DE LAISSER PATRICIA CONTINUER À SOUFFRIR, SOIT !...
MAIS TU DEVRAS EN PORTER LA RESPONSABILITÉ JUSQU'À LA FIN DE TES JOURS.

FORÊT AMAZONIENNE, BRÉSIL.
J'ENTENDS LE BOURDONNEMENT D'HÉLICOPTÈRES !...
IL Y EN A TROIS, JE CROIS... ET ILS SONT GROS ! SANS DOUTE DES CHINOOK...
HAHAHAH ! VOUS ME BLUFFEZ TOUJOURS AUTANT, "GOLDEN EARS" ! C'EST PAS DES OREILLES QUE VOUS AVEZ, C'EST DES RADARS !
HOURRAAAA !!
?!

VOUS ALLEZ NOUS SUIVRE !... SANS OPPOSER DE RÉSISTANCE !!
HOLÀ ! DOUCEMENT, SOLDATS... QUE SE PASSE-T-IL ?!...
VOUS ALLEZ ÊTRE PLACÉS EN QUARANTAINE...
ORDRE DU CHEF D'ÉTAT-MAJOR GÉNÉRAL DES ARMÉES !!
TU PARLES D'UNE MISSION DE SAUVETAGE...
QU'EN PENSEZ-VOUS, COMMANDANT ?... ÇA SENT PAS TRÈS BON...
ÇA NE ME SURPREND PAS, VU CE QU'IL NOUS EST ARRIVÉ... NOUS SOMMES DE VÉRITABLES MIRACULÉS ! LA DISPARITION ET LA RÉAPPARITION MYSTÉRIEUSE D'UN DES FLEURONS DE LA FLOTTE AMÉRICAINE A DÛ FAIRE DES VAGUES JUSQU'À LA PRÉSIDENCE...
VU DE L'EXTÉRIEUR, NOUS DEVRIONS TOUS ÊTRE MORTS DANS LA MER DE WEDELL PAR 748 MÈTRES DE PROFONDEUR, ALORS NOUS SOMMES TRAITÉS COMME CE QUE NOUS SOMMES À LEURS YEUX...
... DES MORTS-VIVANTS !
US NAVY

NUL CHANGEMENT, NUL RÉPIT, NUL ESPOIR !
LES GLACIERS RAMPANTS ME PERCENT DES POINTES DE LEURS CRISTAUX GELÉS SOUS LA LUNE ; LES CHAÎNES ÉTINCELANTES MORDENT DE LEUR FROID BRÛLANT JUSQUE DANS MES OS.
LE CHIEN AILÉ DU CIEL, LE BEC SOUILLÉ D'UN VENIN ME DÉCHIRE LE CŒUR...
DES VISIONS INFORMES VIENNENT ERRER PRÈS DE MOI...
... EFFRAYANT TROUPEAU DU ROYAUME DU RÊVE, POUR ME RAILLER...
ET LES DÉMONS PAR QUI LA TERRE TREMBLE ONT MISSION D'ARRACHER LES RIVETS DE MES BLESSURES PALPITANTES, LORSQUE LES ROCS SE FENDENT ET SE REFERMENT...
... TANDIS QUE DE LEURS ABÎMES RETENTISSANTS ACCOURENT EN HURLANT LES GÉNIES DE LA TEMPÊTE.
ET VOUS TOURBILLONS RAPIDES, QUI LES AILES ÉTENDUES AVEZ PLANÉ, MUETS, IMMOBILES, SUR CET ABÎME OÙ TOUT BRUIT SE TAISAIT...
... LORSQU'UN TONNERRE, PLUS RETENTISSANT QUE LE VÔTRE...
... FIT CHANCELER TOUTE LA SPHÈRE DU MONDE !
SI MES PAROLES EURENT ALORS QUELQUE PUISSANCE...
BIEN QUE JE SOIS CHANGÉ AU POINT QUE TOUT DÉSIR DE NUIRE EST MORT EN MOI...
BIEN QUE J'AI OUBLIÉ CE QU'EST LA HAINE...
ESPRIT ILLUSTRE ENTRE TOUS, C'EST AINSI QUE LA FORCE VEUT, COMME UNE ESCLAVE, SERVIR LA SAGESSE, LE COURAGE, L'AMOUR PATIENT, ET TOI, PROMÉTHÉE, EXEMPLE SUPRÊME DE CES VERTUS QUI SONT TON ÂME, JE TE DÉLIVRE !
PUISSENT-ELLES NE PAS PERDRE AUJOURD'HUI LEUR POUVOIR ! QUE FUT CETTE MALÉDICTION ?...
HERCULE, TES DOUCES PAROLES SONT PLUS DÉLICIEUSES ENCORE QUE LA LIBERTÉ LONGTEMPS DÉSIRÉE, ET LONGTEMPS RETARDÉE.
CAR VOUS TOUS M'AVEZ ENTENDU.

FLORIDE, 28 SEPTEMBRE 2019, 06:05 EST, 11:05 UTC.
COCOA BEACH
BIP
?!
VLADIMIR ANDROPOV
WHIDDEN BAY
PORT CHARLOTTE
FLORIDA

The New York Times
13:13
THE FEAR OF THE NEXT DAY
THE WALL STREET JOURNAL
PLANET ON THE EDGE
Chicago Tribune
13:13 THE APOCAL
FOR SOON
KELLIE... LE MIRACULÉ DU VOL 8355 EST ARRIVÉ... JE LE FAIS MONTER ?
FOX NEWS channel
OUI, BIEN SÛR, JEFF !
FOX NEWS CHANNEL, NEW YORK, 28 SEPTEMBRE 2019, 07:17 EST, 12:17 UTC.
VOICI VOTRE CAFÉ, MONSIEUR !
MERCI.
KELLIE LAMBERT VOUS ATTEND...
JE VOUS EN PRIE, ENTREZ !
BONJOUR ! EXCUSEZ MON FRANÇAIS QUI EST LOIN D'ÊTRE PARFAIT, JE L'AI POURTANT ÉTUDIÉ SEPT ANS...
VOUS AVEZ FAIT BON VOYAGE ?
OUI... OUI... J'AI DORMI PRESQUE TOUT LE TRAJET...
BON, JE VOUS LAISSE...
OUI, JEFF, MERCI.
JE SUIS DÉSOLÉE, JE N'AI PAS BEAUCOUP DE TEMPS À VOUS CONSACRER, VOUS VOULIEZ ME PARLER... ?
OUI, J'AI VU À TRAVERS L'ÉCRAN DE LA TÉLÉ QUE JE POUVAIS VOUS FAIRE CONFIANCE... À VOUS ET À PERSONNE D'AUTRE !... JE L'AI VU DANS VOS YEUX !
?!!
VOUS SAVEZ CE QU'EST LA MANTIQUE ?...
C'ÉTAIT L'ART DE LA DIVINATION CHEZ LES GRECS... LES DIEUX POUVAIENT RÉVÉLER L'AVENIR AU TRAVERS DE PRÉSAGES ET D'AUGURES !...
CERTAINS HOMMES, TRÈS RARES, ONT CETTE FACULTÉ DE "SAVOIR" DE FAÇON SENSORIELLE ! CETTE PERCEPTION INTUITIVE DE LA VOLONTÉ DES PUISSANCES SUPÉRIEURES...
ET DEPUIS MON ACCIDENT D'AVION... J'AI CE DON !
TRÈS BIEN, MAIS OÙ VOULEZ-VOUS EN VENIR EXACTEMENT ?... EN QUOI PUIS-JE VOUS ÊTRE UTILE ?

* LE GOUVERNEMENT AMÉRICAIN N'A TOUJOURS PAS DONNÉ DE NOUVELLES À PROPOS DE LA DISPARITION DE L'UN DE SES SOUS-MARINS NUCLÉAIRES, L'USS THUNDER BAY...

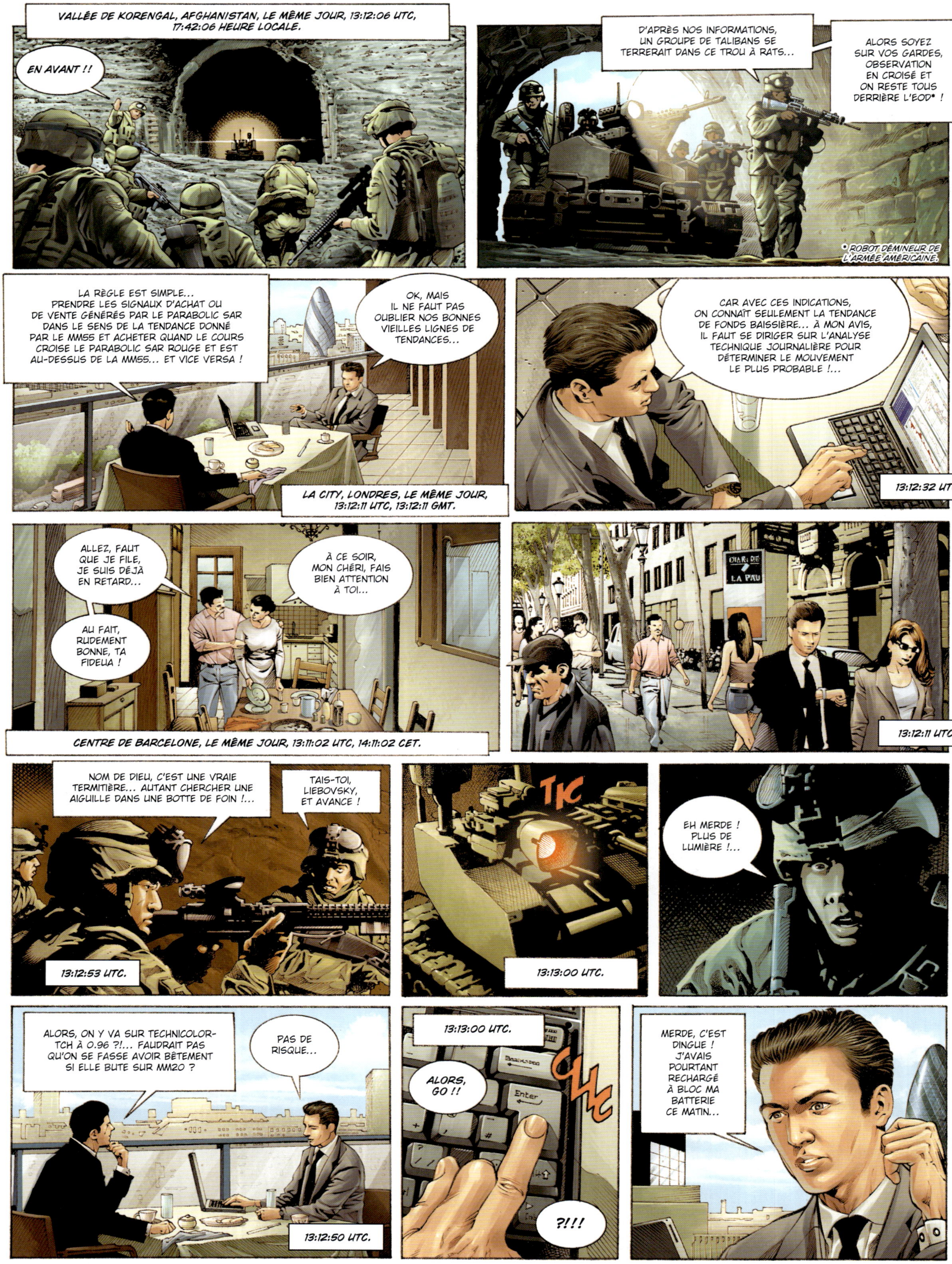

VALLÉE DE KORENGAL, AFGHANISTAN, LE MÊME JOUR, 13:12:06 UTC, 17:42:06 HEURE LOCALE.
EN AVANT !!
D'APRÈS NOS INFORMATIONS, UN GROUPE DE TALIBANS SE TERRERAIT DANS CE TROU À RATS...
ALORS SOYEZ SUR VOS GARDES, OBSERVATION EN CROISÉ ET ON RESTE TOUS DERRIÈRE L'EOD* !
* ROBOT DÉMINEUR DE L'ARMÉE AMÉRICAINE.
LA CITY, LONDRES, LE MÊME JOUR, 13:12:11 UTC, 13:12:11 GMT.
LA RÈGLE EST SIMPLE... PRENDRE LES SIGNAUX D'ACHAT OU DE VENTE GÉNÉRÉS PAR LE PARABOLIC SAR DANS LE SENS DE LA TENDANCE DONNÉ PAR LE MM55 ET ACHETER QUAND LE COURS CROISE LE PARABOLIC SAR ROUGE ET EST AU-DESSUS DE LA MM55... ET VICE VERSA !
OK, MAIS IL NE FAUT PAS OUBLIER NOS BONNES VIEILLES LIGNES DE TENDANCES...
CAR AVEC CES INDICATIONS, ON CONNAÎT SEULEMENT LA TENDANCE DE FONDS BAISSIÈRE... À MON AVIS, IL FAUT SE DIRIGER SUR L'ANALYSE TECHNIQUE JOURNALIÈRE POUR DÉTERMINER LE MOUVEMENT LE PLUS PROBABLE !...
13:12:32 UTC.
CENTRE DE BARCELONE, LE MÊME JOUR, 13:11:02 UTC, 14:11:02 CET.
ALLEZ, FAUT QUE JE FILE, JE SUIS DÉJÀ EN RETARD...
AU FAIT, RUDEMENT BONNE, TA FIDEUA !
À CE SOIR, MON CHÉRI, FAIS BIEN ATTENTION À TOI...
DIARI DE LA PAU
13:12:11 UTC.
NOM DE DIEU, C'EST UNE VRAIE TERMITIÈRE... AUTANT CHERCHER UNE AIGUILLE DANS UNE BOTTE DE FOIN !...
TAIS-TOI, LIEBOVSKY, ET AVANCE !
13:12:53 UTC.
TIC
13:13:00 UTC.
EH MERDE ! PLUS DE LUMIÈRE !...
ALORS, ON Y VA SUR TECHNICOLOR-TCH À 0.96 ?!... FAUDRAIT PAS QU'ON SE FASSE AVOIR BÊTEMENT SI ELLE BUTE SUR MM20 ?
PAS DE RISQUE...
13:12:50 UTC.
13:13:00 UTC.
ALORS, GO !!
CLIC
Enter
?!!!
MERDE, C'EST DINGUE ! J'AVAIS POURTANT RECHARGÉ À BLOC MA BATTERIE CE MATIN...

13:12:43 UTC.
13:12:57 UTC.
13:13:00 UTC.
AAAARRH...
PUTAIN, C'EST QUOI, ÇA ?!!...
QUAND JE PENSE QUE TON FOUTU ORDINATEUR DE MERDE VIENT DE NOUS FAIRE PERDRE 40 000 £ AU BAS MOT !...
DÉSOLÉ, JE NE COMPRENDS PAS, C'EST LA PREMIÈRE FOIS QUE ÇA ARRIVE...
À L'AIDE !!...
APPELEZ LES SECOURS !!
QU'EST-CE QU'IL SE PASSE ? C'EST QUOI, CE BORDEL !!?...
MON DIEU !!...
LAISSEZ-MOI PASSER, JE SUIS MÉDECIN !!...
IL FAIT UN INFARCTUS !!
LES SECOURS... APPELEZ LES SECOURS !!
ICI AUSSI, CETTE FEMME FAIT UN MALAISE !!...
BRTTTTTTTTTTTTTTTTTTTT
PFFRRRT !
CHIENS D'AMÉRICAINS !

BON DIEU, QU'EST-CE QU'IL S'EST PASSÉ ?!?...
AUCUNE IDÉE, MAIS T'AS REGARDÉ L'HEURE ?...
LONDON BANK
LONDON BANK
13 HEURES 13 !!

FOX NEWS Channel
FOX NEWS CHANNEL, 13:30 UTC. 08:30 EST.
LA PLANÈTE ENTIÈRE REDOUTE L'HEURE FATIDIQUE... RETENANT SON... SON SOUFFLE, S'INTERROGEANT AVEC ANGOISSE SUR QUELLE NOUVELLE CATASTROPHE VA VENIR... L'ACCABLER À NOUVEAU...
ET CETTE FOIS-CI, AU HUITIÈME JOUR DES ÉVÉNEMENTS, PARTOUT DANS NOTRE PAYS, DES CENTAINES, PEUT-ÊTRE MÊME DES MILLIERS DE PERSONNES... SE... SE SONT LITTÉRALEMENT EFFONDRÉES ! CHEZ ELLES, AU TRAVAIL, DANS LEUR VOITURE, DANS LES RUES...
FOX
NOUS ALLONS ALLER... OUI, NOUS... NOUS ALLONS TOUT DE SUITE EN DIRECT DE WASHINGTON OÙ NOTRE ENVOYÉ SPÉCIAL, BRUCE CAMPBELL, EST AU CŒUR MÊME D'UNE POPULATION TERRORISÉE...
COMME VOUS LE VOYEZ AUTOUR DE MOI, KELLIE, LE DÉSORDRE LE PLUS TOTAL RÈGNE ICI !...
LES CENTRES D'APPEL DE SECOURS ONT ÉTÉ SATURÉS EN QUELQUES MINUTES ET LES SECOURISTES SUR LE TERRAIN SONT TOTALEMENT DÉBORDÉS !...
FOX
IL EST ENCORE TROP TÔT POUR ÉTABLIR UN BILAN DU NOMBRE DE VICTIMES, MAIS IL RISQUE D'ÊTRE LOURD, TRÈS LOURD !
D'APRÈS LES INFORMATIONS QUE J'AI PU RECUEILLIR ICI, À WASHINGTON, LES PERSONNES FRAPPÉES PAR CE TERRIBLE FLÉAU N'AURAIENT PAS SURVÉCU... OUI, JE DIS BIEN QU'A PRIORI IL N'Y AURAIT PAS DE SURVIVANTS, LES VICTIMES SE SONT EFFONDRÉES POUR NE JAMAIS SE RELEVER !
MERCI, BRUCE... IL... IL SEMBLE EN EFFET, D'APRÈS LES PREMIÈRES INFORMATIONS QUI NOUS PARVIENNENT, QUE... QUE LE PHÉNOMÈNE SOIT QUASI... PLANÉTAIRE !

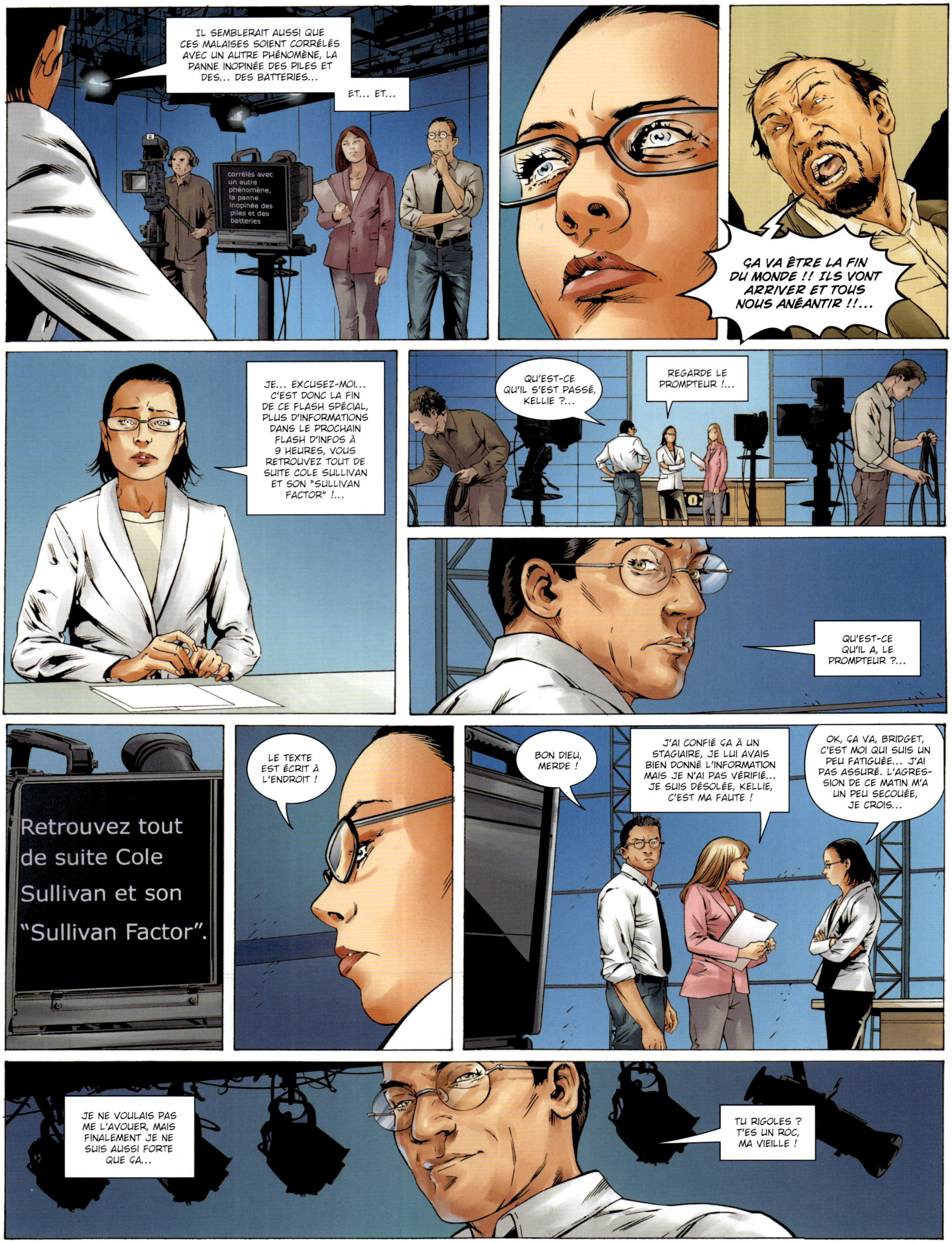

IL SEMBLERAIT AUSSI QUE CES MALAISES SOIENT CORRÉLÉS AVEC UN AUTRE PHÉNOMÈNE, LA PANNE INOPINÉE DES PILES ET DES... DES BATTERIES...
ET... ET...
corrélés avec un autre phénomène, la panne inopinée des piles et des batteries
ÇA VA ÊTRE LA FIN DU MONDE !! ILS VONT ARRIVER ET TOUS NOUS ANÉANTIR !!...
JE... EXCUSEZ-MOI... C'EST DONC LA FIN DE CE FLASH SPÉCIAL, PLUS D'INFORMATIONS DANS LE PROCHAIN FLASH D'INFOS À 9 HEURES, VOUS RETROUVEZ TOUT DE SUITE COLE SULLIVAN ET SON "SULLIVAN FACTOR" !...
QU'EST-CE QU'IL S'EST PASSÉ, KELLIE ?...
REGARDE LE PROMPTEUR !...
QU'EST-CE QU'IL A, LE PROMPTEUR ?...
Retrouvez tout de suite Cole Sullivan et son "Sullivan Factor".
LE TEXTE EST ÉCRIT À L'ENDROIT !
BON DIEU, MERDE !
J'AI CONFIÉ ÇA À UN STAGIAIRE, JE LUI AVAIS BIEN DONNÉ L'INFORMATION MAIS JE N'AI PAS VÉRIFIÉ... JE SUIS DÉSOLÉE, KELLIE, C'EST MA FAUTE !
OK, ÇA VA, BRIDGET, C'EST MOI QUI SUIS UN PEU FATIGUÉE... J'AI PAS ASSURÉ. L'AGRESSION DE CE MATIN M'A UN PEU SECOUÉE, JE CROIS...
JE NE VOULAIS PAS ME L'AVOUER, MAIS FINALEMENT JE NE SUIS AUSSI FORTE QUE ÇA...
TU RIGOLES ? T'ES UN ROC, MA VIEILLE !

09:36 LOCAL
09:36 PRESIDENT
13:36 UTC
... QUE LE PHÉNOMÈNE SOIT QUASI... PLANÉTAIRE ! IL SEMBLERAIT AUSSI QUE CES MALAISES SOIENT CORRÉLÉS AVEC UN AUTRE PHÉNOMÈNE, LA PANNE INOPINÉE DES PILES ET DES... DES BATTERIES...
MAISON BLANCHE, WASHINGTON, 09:36 HEURE LOCALE.
ET... ET... JE... EXCUSEZ-MOI... C'EST DONC LA FIN DE CE FLASH SPÉCIAL, PLUS D'INFORMATIONS DANS LE PROCHAIN FLASH D'INFOS À 9 HEURES...
ELLE EST BIEN, CETTE PETITE, ELLE IRA LOIN !...
QUOIQUE, JE NE LA TROUVE PAS TRÈS EN FORME CE MATIN...
BIEN, PASSONS AUX CHOSES SÉRIEUSES, CONNAÎT-ON MAINTENANT LA RAISON EXACTE DE TOUS CES MORTS FOUDROYÉS !?...
... VOUS RETROUVEZ TOUT DE SUITE COLE SULLIVAN ET SON "SULLIVAN FACTOR".
D'APRÈS LES PREMIÈRES AUTOPSIES, TOUTES LES VICTIMES SONT DÉCÉDÉES DES SUITES D'UN INFARCTUS. LES PILES ET LES BATTERIES SE SONT ARRÊTÉES DE FONCTIONNER SUR TOUTE LA PLANÈTE DURANT 13 MINUTES ET 13 SECONDES...
LES VICTIMES PORTAIENT TOUTES UN PACEMAKER !!
AUX ÉTATS-UNIS COMME DANS LA PLUPART DES PAYS DÉVELOPPÉS, UN HABITANT SUR MILLE EN PORTE UN !... LEUR STIMULATEUR CARDIAQUE S'ÉTANT ARRÊTÉ PENDANT 13 MINUTES ET 13 SECONDES, IL EST ÉVIDENT QUE LES VICTIMES NE POUVAIENT QUE SUCCOMBER À CETTE PANNE ! IL FAUT AJOUTER À CELA LES VICTIMES DE LA ROUTE. SUR LA TOTALITÉ, UN NOMBRE NON NÉGLIGEABLE ÉTAIT AU VOLANT ET A CRÉÉ DES ACCIDENTS SUITE AUX MALAISES...
D'APRÈS MES ESTIMATIONS, CE NOUVEL ÉVÉNEMENT DEVRAIT AVOIR FAIT PLUS DE DEUX MILLIONS TROIS CENT MILLE VICTIMES DE PAR LE MONDE !!
AUTANT QUE DANS LES CRASHS D'AVIONS DU 25 SEPTEMBRE, MONSIEUR LE PRÉSIDENT.
PLUS DE 350 000 VICTIMES RIEN QUE SUR LE SOL AMÉRICAIN !!...
MON DIEU, C'EST TERRIBLE, ET ON N'A RIEN PU FAIRE... QUAND TOUT CELA VA-T-IL DONC S'ARRÊTER ?!...
J'AI UNE THÉORIE À CE SUJET, MONSIEUR LE PRÉSIDENT !...
AH ? BIEN... ALORS ALLEZ-Y, MADAME BALE, EXPOSEZ-NOUS VOTRE THÉORIE !
ELLE CONCERNE LE CHIFFRE "13" ! J'AI TRAVAILLÉ AVEC DES NUMÉROLOGUES POUR L'ÉCHAFAUDER...
SELON EUX, LE "13" EST UNE SOURCE DE DÉSÉQUILIBRE ET EST OPPOSÉ AU DIVIN, C'EST UN CHIFFRE QUI MARQUE UNE ÉVOLUTION FATALE VERS LA MORT, VERS L'ACHÈVEMENT D'UNE PUISSANCE ET D'UN ACCOMPLISSEMENT, IL EST L'ÉLÉMENT DE TROP, CELUI QUI FAIT PASSER D'UN CYCLE À UN AUTRE AVEC CE QUE CE CHANGEMENT SOUS-ENTEND D'INQUIÉTUDES À CAUSE DE L'ARRIVÉE D'UN NOUVEAU CYCLE INCONNU.

DANS LA RELIGION CHRÉTIENNE, LE CHIFFRE "13" EST ASSOCIÉ AUX MALHEURS ET AUX SOUFFRANCES DE JÉSUS QUI AVAIT RÉUNI DOUZE APÔTRES AUTOUR DE LUI. LA TREIZIÈME PERSONNE, JUDAS, ÉTANT LE TRAÎTRE QUI CONDUISIT JÉSUS À LA MORT PAR CRUCIFIXION... C'ÉTAIT UN VENDREDI 13, LE JOUR DE LA CÈNE.
LE PURGATOIRE EST COMPOSÉ DE 13 NIVEAUX ; LE 13E CHAPITRE DE L'APOCALYPSE EST RÉSERVÉ À L'ANTÉCHRIST ET À LA BÊTE ; DANS LE 13E PSAUME IL EST ÉCRIT : "L'INSENSÉ DIT QU'IL N'Y A POINT DE DIEU" !
POUR LES KABBALISTES, LE NOMBRE "13" EST LA SIGNIFICATION DU SERPENT, DU DRAGON, DE SATAN ET DU MEURTRIER... LE MOT "ÉTOILE" OU "ASTRE" EST UTILISÉ 13 FOIS DANS LE CORAN.
LES TÉMOINS DE JÉHOVAH ONT 13 DOCTRINES FONDAMENTALES, "13" EST LE NOMBRE DES CIEUX CHEZ LES AZTÈQUES, LEUR CALENDRIER COMPORTE VINGT MOIS À 13 JOURS. DANS "L'APOCALYPSE D'ADAM", TEXTE APOCRYPHE DES MANUSCRITS DE NAG HAMMADI, IL EST QUESTION DE 13 ROYAUMES SUCCESSIFS, TOUT COMME LE NOMBRE DE DIMENSIONS DANS CERTAINES THÉORIES DE LA RELATIVITÉ...
CHEZ LES GRECS DE L'ANTIQUITÉ, LE 13E DANS UN GROUPE APPARAISSAIT COMME LE PLUS PUISSANT ET LE PLUS SUBLIME. POUR LES ÉGYPTIENS, LA VIE ÉTAIT SYMBOLISÉE PAR UNE ÉCHELLE À 12 BARREAUX, DONT LE 13E DONNAIT SUR L'ÉTERNITÉ.
L'ANCIEN PEUPLE SUMÉRIEN UTILISAIT UN ZODIAQUE COMPRENANT 13 CONSTELLATIONS ET 26 ÉTOILES PRINCIPALES.
CERTAINS CHERCHEURS ET SCIENTIFIQUES AVANCENT L'IDÉE SELON LAQUELLE L'UNIVERS EST GOUVERNÉ PAR 13 CONSTANTES FONDAMENTALES DE LA PHYSIQUE !
LE RAPPORT ENTRE LE VOLUME DE LA TERRE ET CELUI DU SOLEIL EST D'ENVIRON 13 FOIS UNE PUISSANCE DE 10.
LA CAPSULE APOLLO 13 DE LA NASA EST, COMME VOUS LE SAVEZ, MONSIEUR LE PRÉSIDENT, LA SEULE À NE PAS AVOIR RÉUSSI À SE POSER SUR LA SURFACE DE LA LUNE... CETTE MISSION, QUI SE DÉROULA DU 11 AU 17 AVRIL 1970, ÉTAIT DÉJÀ À MI-CHEMIN DE LA LUNE LORSQU'UNE EXPLOSION SE PRODUISIT DANS UN RÉSERVOIR D'OXYGÈNE ET PARALYSA UNE PARTIE DES INSTRUMENTS...
LA CAPSULE DUT ALORS REVENIR SUR TERRE LE PLUS RAPIDEMENT POSSIBLE. APOLLO 13 AVAIT ÉTÉ LANCÉE À 13 HEURES 13 DE LA PLATEFORME NUMÉRO 39... 39 ÉTANT UN MULTIPLE DE 13 ! POUR AVORTER LE 13 AVRIL 1970...
ET POUR TERMINER, "13" EST LE POIDS DE L'ÂME EN ONCE.
TOUT CELA EST TRÈS INSTRUCTIF, MADAME BALE, MAIS CELA NE NOUS DIT PAS QUAND CES TERRIBLES ÉVÉNEMENTS QUI FRAPPENT NOTRE PLANÈTE VONT CESSER !!
LES PHÉNOMÈNES ONT COMMENCÉ LE 21 SEPTEMBRE À 13 HEURES 13, NOUS SOMMES AU 8E JOUR, ET COMME J'AI ESSAYÉ DE VOUS LE DÉMONTRER, LE CHOIX DE CET HORAIRE N'EST SANS DOUTE PAS UN HASARD, TANT LA SYMBOLIQUE RELIÉE À CE CHIFFRE EST FORTE !...
D'APRÈS MA THÉORIE, LES ÉVÉNEMENTS DURERONT 13 JOURS !! ILS S'ARRÊTERONT LE 3 OCTOBRE... LE 3/10... 3+10 ÉGALE 13 !!
DONC, SI JE VOUS SUIS BIEN, NOUS AURONS ENCORE À LES SUBIR DURANT 5 JOURS !?...
OUI, MONSIEUR LE PRÉSIDENT... JE LE PENSE.
ET QUE SE PASSERA-T-IL AU 13E JOUR ?
C'EST DIFFICILE À DIRE...
POUR MOI, C'EST ÉVIDENT !... CE SERA LE JOUR DE L'INVASION MASSIVE !! IL FAUDRAIT PRENDRE DES DISPOSITIONS DÈS AUJOURD'HUI...
IL NE RESTE QUE 5 JOURS !
N'EST-CE PAS UN PEU PRÉMATURÉ, GERALD ? NOUS N'AVONS AUCUNE CERTITUDE, SEULEMENT UN FAISCEAU D'INDICES ET DES THÉORIES ÉCHAFAUDÉES PAR DES NUMÉROLOGUES !...
JE PROPOSE D'ATTENDRE LE NOUVEAU RAPPORT DE L'AMIRAL DIMBORT SUR L'EXPLORATION DU TROU BLEU AVANT DE PRENDRE QUELQUE DÉCISION QUE CE SOIT !
MMM, OUI... ATTENDONS DE VOIR CE QUE VA NOUS DIRE DIMBORT...
JE CRAINS QUE LE SORT DE L'HUMANITÉ NE REPOSE SUR SES ÉPAULES ET LA RÉUSSITE DE SA MISSION, DÉSORMAIS !

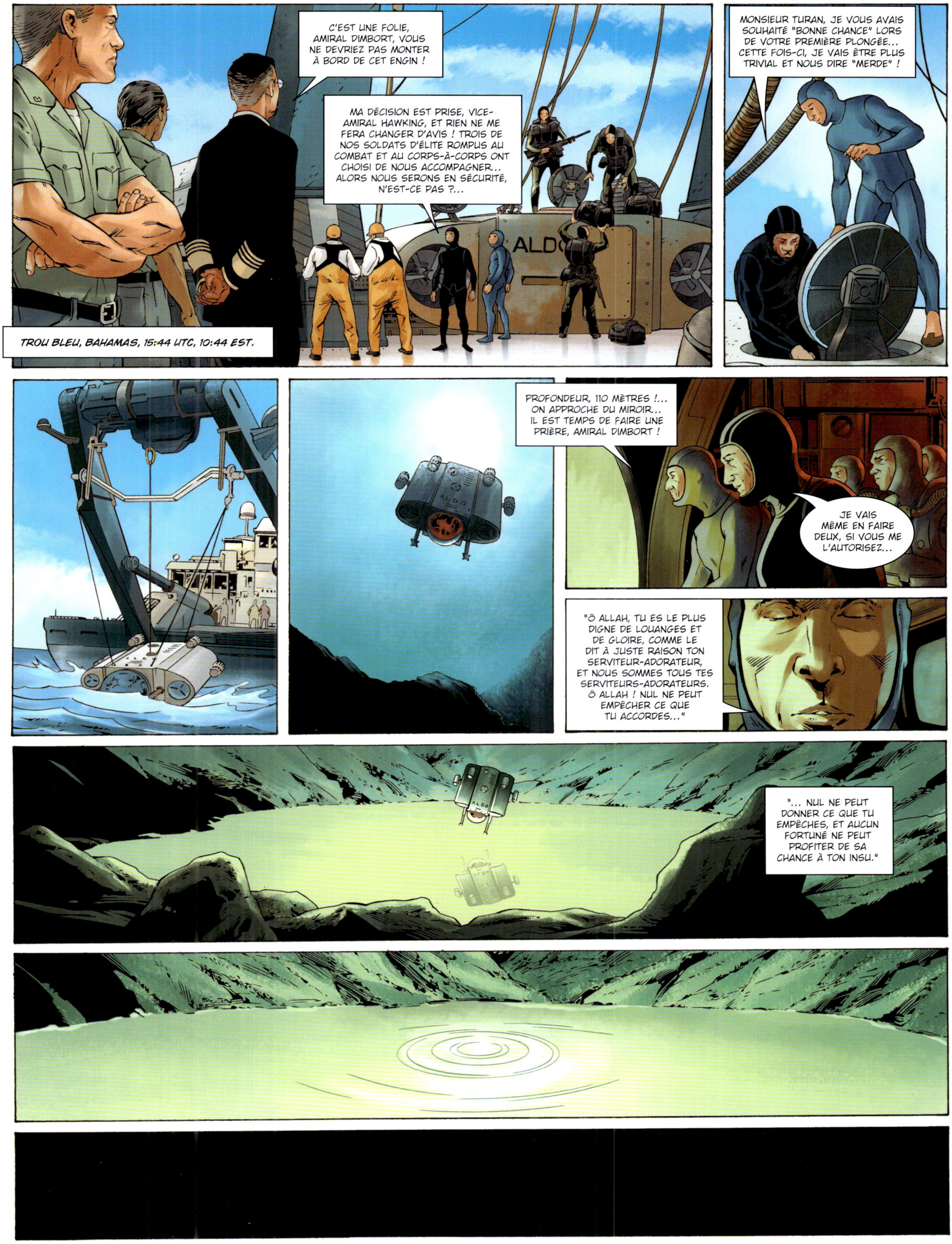
C'EST UNE FOLIE, AMIRAL DIMBORT, VOUS NE DEVRIEZ PAS MONTER À BORD DE CET ENGIN !
MA DÉCISION EST PRISE, VICE-AMIRAL HAWKING, ET RIEN NE ME FERA CHANGER D'AVIS ! TROIS DE NOS SOLDATS D'ÉLITE ROMPUS AU COMBAT ET AU CORPS-À-CORPS ONT CHOISI DE NOUS ACCOMPAGNER.. ALORS NOUS SERONS EN SÉCURITÉ, N'EST-CE PAS ?...
TROU BLEU, BAHAMAS, 15:44 UTC, 10:44 EST.
MONSIEUR TURAN, JE VOUS AVAIS SOUHAITÉ "BONNE CHANCE" LORS DE VOTRE PREMIÈRE PLONGÉE... CETTE FOIS-CI, JE VAIS ÊTRE PLUS TRIVIAL ET NOUS DIRE "MERDE" !
ALDO
PROFONDEUR, 110 MÈTRES !... ON APPROCHE DU MIROIR.. IL EST TEMPS DE FAIRE UNE PRIÈRE, AMIRAL DIMBORT !
JE VAIS MÊME EN FAIRE DEUX, SI VOUS ME L'AUTORISEZ...
"Ô ALLAH, TU ES LE PLUS DIGNE DE LOUANGES ET DE GLOIRE, COMME LE DIT À JUSTE RAISON TON SERVITEUR-ADORATEUR, ET NOUS SOMMES TOUS TES SERVITEURS-ADORATEURS. Ô ALLAH ! NUL NE PEUT EMPÊCHER CE QUE TU ACCORDES..."
"... NUL NE PEUT DONNER CE QUE TU EMPÊCHES, ET AUCUN FORTUNÉ NE PEUT PROFITER DE SA CHANCE À TON INSU."

SPEED
LIMIT
25
ONLY
ONLY
ONLY

ALDO

DAYTONA BEACH, FLORIDE, LE MÊME JOUR.
C'EST OUVERT...
COLIN ?!
COLIN ?!... C'EST JOANNE CARPENTER... JE VOUDRAIS VOUS PARLER...
COLIN...
CELUI QU'UNE VOIX EFFRAYANTE APPELLE EST ICI, PROMÉTHÉE, LE TITAN ENCHAÎNÉ... FIGURES HORRIBLES, ARRIVÉES AU TREIZIÈME JOUR, QU'ÊTES-VOUS ET QUI ÊTES-VOUS ?...
?!!

JAMAIS ENCORE DES APPARITIONS AUSSI REPOUSSANTES N'ÉTAIENT VENUES, À TRAVERS L'ENFER REGORGEANT DE MONSTRES, DU CERVEAU DE ZEUS QUI NE CRÉE QUE LE MAL...
COLIN !!...
TANDIS QUE JE VOIS DES FORMES AUSSI DÉTESTABLES, IL ME SEMBLE DEVENIR PAREIL À CE QUE JE CONTEMPLE...
IL VA SE NOYER !...
ET JE REGARDE ET JE RIS AVEC UNE SYMPATHIE PLEINE DE DÉGOÛT...
COLIIIN... NOOOON !!...
UUUUUUNNNNFFF !...
COLIN... PFFFF... ME REFAITES JAMAIS UN COUP PAREIL... PFFFFF...
ILS... ILS VONT ARRIVER... LE TREIZIÈME JOUR...
DE QUI PARLEZ-VOUS ? LES EXTRA-TERRESTRES QUE VOUS AVEZ DESSINÉS ? C'EST EUX QUI VONT ARRIVER, COLIN ?...
VOUS LES AVEZ VUS, C'EST ÇA ?!...
CINQ JOURS... IL NE RESTE QUE CINQ JOURS...

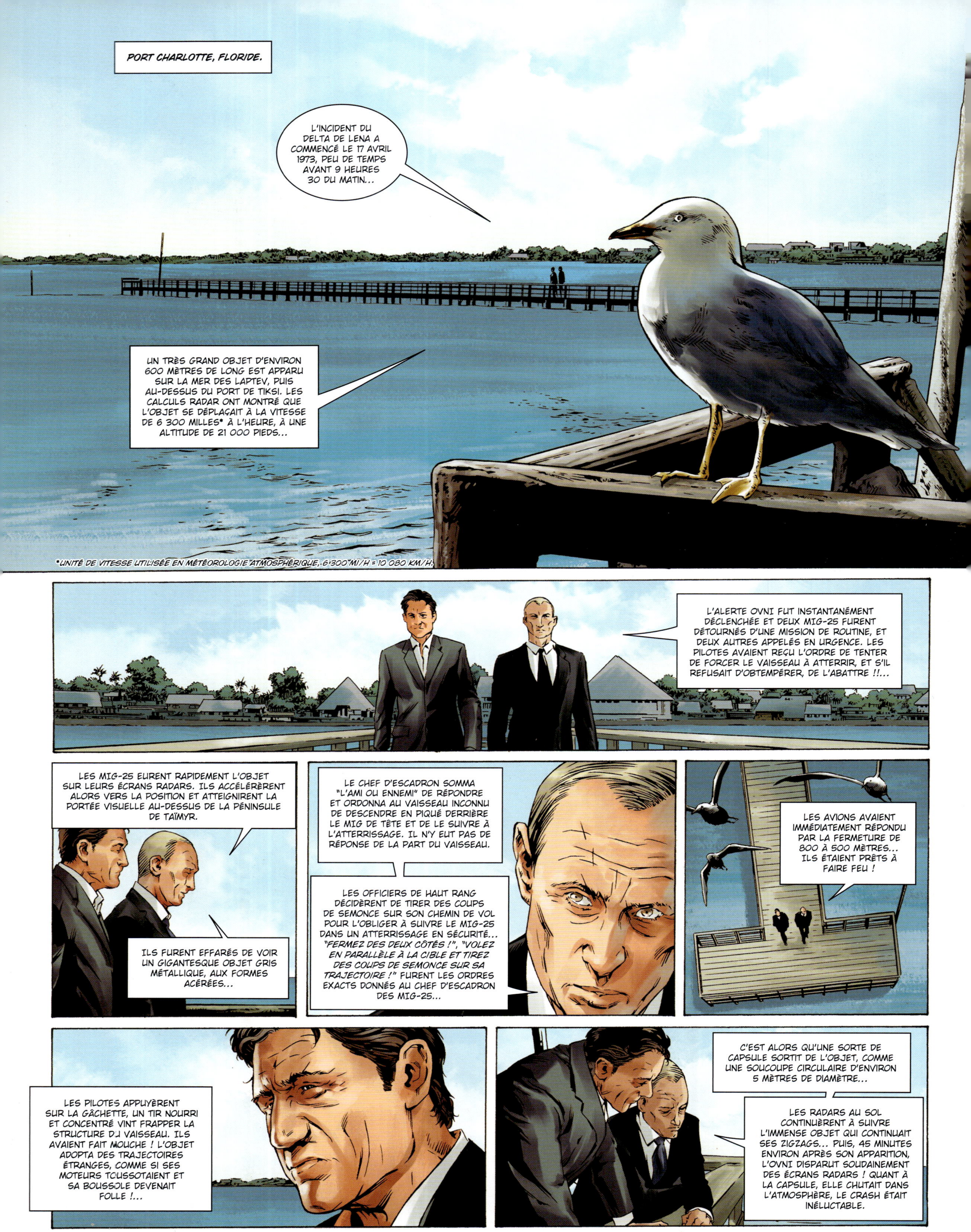
PORT CHARLOTTE, FLORIDE.
L'INCIDENT DU DELTA DE LENA A COMMENCÉ LE 17 AVRIL 1973, PEU DE TEMPS AVANT 9 HEURES 30 DU MATIN...
UN TRÈS GRAND OBJET D'ENVIRON 600 MÈTRES DE LONG EST APPARU SUR LA MER DES LAPTEV, PUIS AU-DESSUS DU PORT DE TIKSI. LES CALCULS RADAR ONT MONTRÉ QUE L'OBJET SE DÉPLAÇAIT À LA VITESSE DE 6 300 MILLES* À L'HEURE, À UNE ALTITUDE DE 21 000 PIEDS...
*UNITÉ DE VITESSE UTILISÉE EN MÉTÉOROLOGIE ATMOSPHÉRIQUE. 6 300 MI/H = 10 080 KM/H.
L'ALERTE OVNI FUT INSTANTANÉMENT DÉCLENCHÉE ET DEUX MIG-25 FURENT DÉTOURNÉS D'UNE MISSION DE ROUTINE, ET DEUX AUTRES APPELÉS EN URGENCE. LES PILOTES AVAIENT REÇU L'ORDRE DE TENTER DE FORCER LE VAISSEAU À ATTERRIR, ET S'IL REFUSAIT D'OBTEMPÉRER, DE L'ABATTRE !!...
LES MIG-25 EURENT RAPIDEMENT L'OBJET SUR LEURS ÉCRANS RADARS. ILS ACCÉLÉRÈRENT ALORS VERS LA POSITION ET ATTEIGNIRENT LA PORTÉE VISUELLE AU-DESSUS DE LA PÉNINSULE DE TAÏMYR.
ILS FURENT EFFARÉS DE VOIR UN GIGANTESQUE OBJET GRIS MÉTALLIQUE, AUX FORMES ACÉRÉES...
LE CHEF D'ESCADRON SOMMA "L'AMI OU ENNEMI" DE RÉPONDRE ET ORDONNA AU VAISSEAU INCONNU DE DESCENDRE EN PIQUÉ DERRIÈRE LE MIG DE TÊTE ET DE LE SUIVRE À L'ATTERRISSAGE. IL N'Y EUT PAS DE RÉPONSE DE LA PART DU VAISSEAU.
LES OFFICIERS DE HAUT RANG DÉCIDÈRENT DE TIRER DES COUPS DE SEMONCE SUR SON CHEMIN DE VOL POUR L'OBLIGER À SUIVRE LE MIG-25 DANS UN ATTERRISSAGE EN SÉCURITÉ... *"FERMEZ DES DEUX CÔTÉS !"*, *"VOLEZ EN PARALLÈLE À LA CIBLE ET TIREZ DES COUPS DE SEMONCE SUR SA TRAJECTOIRE !"* FURENT LES ORDRES EXACTS DONNÉS AU CHEF D'ESCADRON DES MIG-25...
LES AVIONS AVAIENT IMMÉDIATEMENT RÉPONDU PAR LA FERMETURE DE 800 À 500 MÈTRES... ILS ÉTAIENT PRÊTS À FAIRE FEU !
LES PILOTES APPUYÈRENT SUR LA GÂCHETTE, UN TIR NOURRI ET CONCENTRÉ VINT FRAPPER LA STRUCTURE DU VAISSEAU. ILS AVAIENT FAIT MOUCHE ! L'OBJET ADOPTA DES TRAJECTOIRES ÉTRANGES, COMME SI SES MOTEURS TOUSSOTAIENT ET SA BOUSSOLE DEVENAIT FOLLE !...
C'EST ALORS QU'UNE SORTE DE CAPSULE SORTIT DE L'OBJET, COMME UNE SOUCOUPE CIRCULAIRE D'ENVIRON 5 MÈTRES DE DIAMÈTRE...
LES RADARS AU SOL CONTINUÈRENT À SUIVRE L'IMMENSE OBJET QUI CONTINUAIT SES ZIGZAGS... PUIS, 45 MINUTES ENVIRON APRÈS SON APPARITION, L'OVNI DISPARUT SOUDAINEMENT DES ÉCRANS RADARS ! QUANT À LA CAPSULE, ELLE CHUTAIT DANS L'ATMOSPHÈRE, LE CRASH ÉTAIT INÉLUCTABLE.

DES HABITANTS DE VILLAGES SUR LE PLATEAU POUTORANA, SITUÉ DANS LE NORD DE LA SIBÉRIE ORIENTALE, TÉMOIGNÈRENT AVOIR VU UNE MÉTÉORITE QUI S'ÉTAIT ÉCRASÉE DANS LES BOIS À PROXIMITÉ DE LEURS HABITATIONS. DES RUMEURS DISAIENT MÊME QUE PLUSIEURS DES HABITANTS LOCAUX AVAIENT TROUVÉ LE SITE PRÉCIS DU CRASH, MAIS QU'ILS AVAIENT ÉTÉ BRÛLÉS ET QUE LEURS MONTRES ÉTAIENT TOMBÉES EN PANNE.
L'ARMÉE ENVOYA UNE PREMIÈRE PATROUILLE DE RECONNAISSANCE SUR LE SITE, PUIS C'EST PLUS DE 50 HOMMES QUI FURENT ACHEMINÉS PAR CAMIONS DANS LA ZONE...
VENEZ, RENTRONS À LA MAISON MAINTENANT, JE VAIS VOUS MONTRER DES PHOTOGRAPHIES !...
IL Y A UNE QUESTION QUE JE ME POSE À L'ÉCOUTE DE VOTRE RÉCIT, MONSIEUR ANDROPOV...
LA RÉACTION DE L'AVIATION RUSSE N'EST-ELLE PAS ÉTRANGE ? QUATRE APPAREILS SUR CET OBJET ET QUI LUI DEMANDENT D'ATTERRIR... UN VAISSEAU VENANT D'UN AUTRE MONDE N'A DE TOUTE FAÇON AUCUN INTÉRÊT À NOUS OBÉIR, NON ?!...
C'EST UNE BONNE REMARQUE, MAIS IL N'ÉTAIT PAS ÉTABLI POUR LES OFFICIERS DE HAUT RANG QU'IL S'AGISSE D'UN VAISSEAU EXTRATERRESTRE, COMME VOUS LE DITES...
OVNI NE SIGNIFIE PAS FORCÉMENT OBJET VENANT D'UN AUTRE MONDE ! IL AURAIT PU S'AGIR D'UNE TECHNOLOGIE INCONNUE DES RUSSES, MAIS TERRESTRE ! CE N'EST QUE PLUS TARD, APRÈS LE RETOUR DE LA MISSION ENVOYÉE SUR LE PLATEAU POUTORANA, QU'ILS EN ONT EU L'ABSOLUE CERTITUDE.
CES DOCUMENTS ÉTAIENT CLASSÉS "TOP SECRET", J'AI RISQUÉ MA VIE POUR LES SORTIR DE RUSSIE...
INUTILE DE VOUS DIRE QU'IL N'Y A BIEN ÉVIDEMMENT AUCUN TRUCAGE.
C'EST INCROYABLE !...
C'EST UNE NOUVELLE PREUVE IRRÉFUTABLE !!

BEAUCOUP DE SPÉCIALISTES PENSENT QUE LES ÉVÉNEMENTS QUI SE PRODUISENT DEPUIS PLUSIEURS JOURS SONT LE SIGNE QU'ILS CHERCHENT À ENTRER EN CONTACT AVEC NOUS, ET QUE CE SERAIT IMMINENT... D'APRÈS MES INFORMATEURS, LES RUSSES ONT APPROCHÉ DE PRÈS UNE ENTITÉ VIVANTE !...
... AVEZ-VOUS DES INFORMATIONS À CE SUJET ? UNE DATE ? UN LIEU ?...
IL N'Y A PAS DE CONTACT POSSIBLE !
?!!
JE NE VOUS AI PAS ENCORE MONTRÉ LA PHOTOGRAPHIE LA PLUS EXTRA-ORDINAIRE...
LA VOICI !!
ILS RESSEMBLENT DONC À ÇA !?...
VOUS DITES QU'IL N'Y A PAS DE CONTACT POSSIBLE... POURQUOI CELA ?!
CETTE ENTITÉ QUE VOUS VOYEZ SUR LA PHOTOGRAPHIE ÉTAIT VIVANTE, OU DISONS AGONISANTE... MAIS D'APRÈS LES MILITAIRES QUI ONT ASSISTÉ À LA SCÈNE, ELLE BOUGEAIT ENCORE, AVANT QUE PLUSIEURS SOLDATS NE S'APPROCHENT...
ILS ONT ÉTÉ DÉCHIQUETÉS EN QUELQUES SECONDES ! AU MÊME MOMENT, L'ENTITÉ EXTRATERRESTRE S'EST FIGÉE ET EST TOMBÉE DANS UNE SORTE DE COMA PRO-LONGÉ, UN ÉTAT VÉGÉTATIF ENTRE LA VIE ET LA MORT.
ENSUITE, LE PHÉNO-MÈNE NE S'EST PAS REPRODUIT ET IL N'Y A PAS EU D'AUTRES VICTIMES DANS LES RANGS MILITAIRES... MAIS IL SEMBLE QUE LE CONTACT ENTRE NOS DEUX ESPÈCES NOUS CONDAMNENT AUSSI BIEN L'UNE QUE L'AUTRE !!
PUIS, LE CORPS DE L'EXTRATERRESTRE A ÉTÉ EMPORTÉ POUR ÊTRE AUTOPSIÉ. MAIS JE N'AI PAS PU OBTENIR LE COMPTE-RENDU DE CETTE ÉTUDE...
DISONS PLUTÔT QUE JE N'AI JAMAIS EU LES MOYENS FINANCIERS DE L'OBTENIR. J'AVAIS UN CONTACT, MAIS IL RÉCLAMAIT UNE GROSSE SOMME... UNE TROP GROSSE SOMME POUR MOI.
ET SI JE VOUS DONNAIS CET ARGENT, MONSIEUR ANDROPOV, POURRIEZ-VOUS À NOUVEAU APPROCHER CETTE PERSONNE ?
POSSIBLE, JE PEUX ESSAYER EN TOUT CAS...

AUCUN MIROIR DERRIÈRE NOUS... PAS DE PORTE POUR LE RETOUR !
ET LE CÂBLE DE LA SONDE EST COUPÉ NET DE CE CÔTÉ AUSSI...
AMIRAL ! LES APPAREILS NE FONCTIONNENT PLUS... LA CAMÉRA THERMIQUE, LE RADAR ET LE TRACEUR SONT "OUT" !
ET LES ARMES ??... FAITES UN ESSAI !
ELLES FONCTIONNENT !
BIEN, ALORS COMMENÇONS L'EXPLORATION !...
ESSAYONS TOUT D'ABORD DE DÉCOUVRIR OÙ NOUS SOMMES EXACTEMENT !...

ON VA SAVOIR...
RHODE ISLAND !!...
?!!
Rhode Island
743-100
Ocean State
ON EST À PROVIDENCE !!...
"PROVIDENCE" ?? ON DIRAIT QUE CEUX QUI NOUS ONT INDIQUÉ LA ROUTE JUSQU'ICI ONT LE SENS DE L'IRONIE !...
JE NE SAIS PAS VOUS, MAIS MOI, JE N'APPRÉCIE QUE TRÈS MODÉRÉMENT LEUR HUMOUR...
LE RHODE ISLAND EST LE PLUS PETIT ÉTAT DES ÉTATS-UNIS, IL COMPTE À PEINE PLUS D'UN MILLION D'HABITANTS...
OU PLUTÔT IL "COMPTAIT"...

CONTACT !!!
J'AI VU QUELQUE CHOSE BOUGER, LÀ-BAS, DANS LE PASSAGE ENTRE CES DEUX IMMEUBLES !!
N'OUVREZ PAS LE FEU AVANT QUE J'EN DONNE L'ORDRE !!
C'EST UN HOMME... UN SURVIVANT !!
OHÉ !! NE TIREZ PAS !... NE TIREZ PAS... JE NE SUIS PAS ARMÉ...
JE SUIS AMÉRICAIN !! JE N'AI VU PERSONNE DEPUIS 2 MOIS...
QUI ÊTES-VOUS ? DÉCLINEZ VOTRE IDENTITÉ !!...
MON NOM EST TIM SCOTT !
LE CÉLÈBRE CHAMPION DE GOLF...

ILS VONT ARRIVER... LE TREIZIÈME JOUR... ILS VONT ARRIVER...
NE VOUS INQUIÉTEZ PAS, KATHLEEN, ILS VONT PRENDRE SOIN DE LUI... VOUS N'AVEZ PAS À CULPABILISER.
DAYTONA BEACH, FLORIDE.
LE TREIZIÈME JOUR...
AMBULANCE
FLORIDA HOSPITAL, ORLANDO.
IL RESTE ENCORE UN ESPOIR, TOUT N'EST PAS PERDU. IL EST MINCE, MAIS JE PENSE QU'IL EST RÉEL ! EST-CE QUE TU ME COMPRENDS ?...
Je te fais confiance. Si tu y crois, j'y crois aussi et je continuerai à souffrir.
JE T'AIME, PATRICIA.
Je t'aime aussi.

45

SUITE DANS LE TOME 5 : LE SARCOPHAGE.

13:13
treize heures treize - treize heures treize
treize heures treize - treize heures treize
treize heures treize - treize heures treize